Laura Jaffé

Christine Destours

Sacrée prise de bec

Éditions du Rouergue

2 BIS

Du rez-de-chaussée aux combles aménagés,
dans la très grande maison plantée au carrefour des quatre horizons…

… les locataires cornus, griffus ou poilus,
mignons ou biscornus…
se prennent le bec et se volent dans les plumes à la moindre occasion !

Et chaque jour, une lettre de protestation est punaisée au panneau des réclamations :

TV

e déblatérer sans arrêt devant sa télé !

Signé : la girafe.

Que **la girafe** arrête de tordre son long cou pour espionner chez nous !

Signé : le coq.

Que **le coq** décrépit arrête de m'appeler « ma poulette » !

Signé : la poule.

Que la

mère poule du premier arrête de m'accuser d'apprendre à ses poussins à faire la grimace !

Signé : le vieux singe.

Que **le vieux singe** arrête de s'épouiller et de sauter partout

dans la cage d'escalier !

Signé : le chat échaudé.

Que **le chat de gouttière**

apprenne les bonnes manières

et arrête de se lécher **le derrière** !

Signé : le lama.

Que **le lama** arrête de cracher par terre et même en l'air !

Signé : la souris.

Que **la souris** arrête de laisser sur son palier des tas de petites crottes séchées !

Signé : l'oie.

Que **les oies blanches** arrêtent de glousser dans le hall d'entré

n revenant du lycée !

Signé : le taureau.

Que le taureau arrête de boire du rouge dès le petit déjeuner !

Signé : la chouette.

Que la vieille chouette huppée arrête de crier coucou

à ses copines devant sa fenêtre ouverte à la nuit tombée !

Signé : l'éléphant.

Mais un beau jour, sur le panneau des réclamations,

est affiché un avis **de démolition** !

Il paraît que la très grande maison n'est plus de saison…

Du premier au **dernier étage**, on fait circuler une pétition.

Et de **réunions** en manifestations,

au carrefour des quatre horizons…

La chamelle, la girafe, le coq, la poule, le singe, le chat, le lama, la souris, l'oie, le taurea

chouette et l'éléphant, deviennent copains comme **cochons** !

2 Bis